laranja com papaia

saulo pessato

laranja

com

papaia

Laranja com Papaia © Saulo Pessato, 09/2020
Laranja com Papaia © Crivo Editorial, 09/2020

Projeto gráfico: Iris Gonçalves
Ilustração da capa: Libero Malavoglia
Revisão: Janaína Tomanik
Coordenação editorial: Lucas Maroca de Castro

Dados Internacionais de Catalogação na Publicação (CIP) de acordo com ISBD
••
P475l   Pessato, Saulo

             Laranja com papaia / Saulo Pessato. - Belo Horizonte, MG :
             Crivo Editorial, 2020.
             68 p. : il. ; 12,5cm x 18cm.

             ISBN: 978-65-991776-4-4
             1. Literatura brasileira. 2. Contos. I. Título.

                                            CDD 869.8992301
2020-1939   CDU 821.134.3(81)-34
••
Elaborado por Vagner Rodolfo da Silva - CRB-8/9410
Índice para catálogo sistemático:
1. Literatura brasileira: Contos 869.8992301
2. Literatura brasileira : Contos 821.134.3(81)-34

Crivo Editorial
Rua Fernandes Tourinho, 602, sala 502
30.112-000 - Funcionários - Belo Horizonte - MG
www.crivoeditorial.com.br
contato@crivoeditorial.com.br
facebook.com/crivoeditorial
instagram.com/crivoeditorial
crivo-editorial.lojaintegrada.com.br

Agradecimentos

Rita Silvério
Waleska Tudisco
José Henrique Garcia
Suhellen de Alcantara Wanzeller
Natalia Gallego Bianco
Kenia Fernanda Soares Nogueira Santos
Maria Graciléia Capponi Moraes
Lua Ferreira
Paula Fagundes
Ashanti Pauleti da Silva
Rodrigo Alvarenga Dunder
Fábio Zó de Deus
Cícero Gomes Júnio

Prefácio

Sempre acreditei na escrita como uma das formas mais belas de expressar a força da palavra. Na psicanálise, as palavras compõem uma unidade funcional da linguagem, um conceito complexo que faz analisar o contexto e o sentido delas para cada sujeito. Tanto o ato de escrever quanto o de dizer não vêm sós, há sempre nossas impressões particulares, ou seja, há sempre os atravessamentos do leitor/ouvinte.

Assim também nos trespassamos quando conhecemos alguém, há algo nosso que conecta no outro, é esse elo que vai proporcionar a relação. Com Saulo foi assim, sua poesia já foi comigo em versos para análise pessoal, já me fez chorar, desvenerar e amar seu perfil do Instagram por traduzir em seus versos os meus sentimentos. E é assim com a poesia, as crônicas, os versos, prosas, contos e encantos que nomeiam o que não conseguimos explicar acerca de nós. A arte tem esse poder. Nos ajuda a elaborar, quando nomeamos o que estava indizível. Quando pela palavra somos acolhidos, aquilo que aperta o peito ganha um lugar proporcionado pelo significado que damos à escrita do autor.

Laranja com papaia é um conto que traz em seu enredo a relação do narrador com Antonella. Rico em detalhes, a descrição ajuda a montar cada cena, os mínimos detalhes e traços, dando espaço para a imaginação fluir. Em sua primeira parte, o texto nos coloca em contato com a intensidade das personagens. Excitante e intrigante, o nítido envolvimento do narrador já desperta inquietações.

Na segunda parte, o autor atenta-se em demonstrar como alguns pré-julgamentos podem nos levar a confusões geradoras de muita angústia e despertar até mesmo sintomas físicos. Quem é o sujeito que se encanta com essa mulher? Um homem que sonha seus medos, delira em suas inseguranças, sofre com seu desejo de ser a salvação de Antonella. Entre a desconstrução de uma mulher idealizada, a pandemia agora não é algo somente social, há um conflito interno tão intenso quanto o que vivemos diante da incerteza do novo coronavírus. Já no que se refere a Antonella, fiquei eufórica com sua força e poder, e, aos poucos, com os mistérios se revelando, as surpresas arrepiavam pela riqueza da história. Assim também é ela, quando achamos que entendemos quem é, há uma reviravolta no texto e é possível desconstruir nossos julgamentos e (pré)conceitos, gerando algo mais em nossas emoções, algo que inquieta, desconforta e faz refletir.

Laranja com papaia... esse é o título do conto, então pensei nessa mistura: logo me ocorreu que o conto seria o encontro assim como o das frutas. Um clássico para alguns, novidade para outros, mas algo especial, marcante. Então, refleti nessa relação: laranja pode ser surpreendente, linda, formosa em seu exterior, porém ácida por dentro; e papaia, apesar da doçura esperada, pode ser amarga, difícil de engolir. Tudo depende do ponto de cada fruta. Essa ambivalência circula pelo texto. Ora ácido, ora doce, um pouco amarga e, às vezes, apetitosa. Antonella e o narrador tatuado podem despertar beleza, compatibilidade, acidez e um toque amargo ao fundo.

Em sua terceira etapa, o autor apresenta os conflitos do narrador e suas tentativas de mudar a forma como deixou sua impressão com Antonella. Mas, o que geralmente esquecemos em nossas relações, é que há sempre o desejo do outro para além do nosso. E nem tudo que estamos planejando com alguém ocorre da forma como imaginamos.

Conhecer Antonella torna-se surpreendente. Uma mulher que canta *La Belle de Jour* no seu primeiro encontro é alguém que vale o investimento. Descrita pelo narrador como uma demônia na cama com olhos angelicais em um conjunto de obra apaixonante, desperta sensações e sentimentos múltiplos. Nos faz encarar seus anjos e demônios e entender que há frutas que, se misturarmos, ficam especiais e outras dependem do seu ponto de maturação.

Cristiane Back

Carta do autor

Laranja com papaia não surgiu com *status* de livro. Em sua origem, comporia uma coletânea de textos de diversos autores sobre os efeitos da pandemia nos humanos em confinamento: o isolamento, a falta de toque, a saudade do velho normal, a angústia diante da iminência da morte, a orfandade política, a empatia e o luto são temas imediatos diante dessa espécie de distopia pela qual nosso mundo passa neste início de século XXI; fontes quase inesgotáveis de inspirações artísticas.

Entretanto, tal como o novo coronavírus, que migrou de espécies e foi parar em nós, este texto sofreu mutações e foi parar noutro lugar. Certas ideias se reproduzem tão rápido, que logo assumem também a condição de pandemia. E se espalham tanto na folha que requerem isolamento.

Foi assim que *Laranja com papaia* se afastou dos aglomerados e acabou se tornando um livro de um conto só. Recluso, ele criou o cenário propício para a descoberta de outros sintomas e inspirações; para a descoberta acerca do outro e acerca de si. E descobertas, muitas vezes, são como uma nova doença para a qual ainda não há tratamento: desnorteiam, confundem, desenganam, deliram, enraivecem, angustiam...

Laranja com papaia é isso: um coquetel de descobertas acerca de si no outro, catalisadas pelos efeitos superlativos da pandemia. Mas não te espantes com seu aspecto saudável, saboroso e vitamínico, que ele também é laxativo. E se fores de metabolismos rápidos e sistemas digestivos sensíveis, ele pode te expulsar de um encontro (e de uma leitura) num piscar de olhos.

Saulo Pessato

Bibi! A buzina na esquina me despertou. Fazia tempo que eu não acordava assim, com o trânsito local. Desde que essa história de COVID-19 pôs todo mundo dentro de casa, fazia mais de um mês que quase não se ouviam carros e motos passando na minha rua. Que dirá buzinas?

Abri os olhos e dei com os seus já abertos em mim. Não pareciam recém-despertos, os seus olhos... não eram olhos de buzina. Pareciam já experientes da manhã adolescente. Um pouco pensativos, preocupados, talvez admirativos, mas bem acordados.

É foda dormir na casa dos outros, eu sei: quase sempre a gente acorda antes do anfitrião e fica sem saber se chama a pessoa ou se espera ela acordar... tentar voltar a dormir, geralmente, não dá em nada. Ainda mais assim, na primeira vez, como foi com a gente, que se encontrou na minha casa para se conhecer e já bebeu, beijou, chupou, transou e dormiu junto, tudo na mesma vez.

Quarentena é foda sem foda. No começo, era só pânico. Ninguém saía para nada. Encontrar alguém? Nem pensar! Desconhecidos, então? Fora de questão... Mas aí o tempo vai passando e a gente vai se apegando às estatísticas da cura, às cloroquinas milagrosas nas mamadeiras de piroca, e os hormônios sexuais são bons em desarrumar camas, mas ruins de conta demais da conta e começam a não fazer conta de quantas valas a epidemia já abriu. Só pensam na outra vala.

E aí, não tem barzinho, mas tem rede social.

Para quem está com moral e a academia ainda não venceu (apesar do mês em casa), uma troca de curtidas no Instagram vale tanto quanto troca de olhares na balada. Daí para o *direct*, pode ser mais prático do que pedir licença, sentar à mesa e ter de enfrentar todo o cronograma do xaveco em pessoa.

Com Antonella foi assim: ela quem começou com as múltiplas curtidas na minha conta pessoal. Sou tatuador e tenho dois perfis no Instagram, um profissional e outro pessoal, e meu caráter de artista conhecido na cidade não me permite seguir tantas pessoas quantas me seguem. E eu nem seguia a Antonella, mas fiquei curioso com a sequência frenética de *likes* e entrei no seu perfil. As fotos eram bonitas e extremamente sexuais, com *takes* bastante eróticos e pouca roupa... muito profissionais. Curiosamente, ela não tinha nenhuma tatuagem na pele, mesmo assim fiquei impressionado com as poses e principalmente com sua beleza surpreendente. Retribuí as curtidas.

As trocas continuaram e quem está ligado no significado desse vai-e-vem de *likes* sabe que as mensagens no privado podem ser a ponte para o outro vai-e-vem.

No *direct*, Antonella disse que adorava meu trabalho, que me seguia havia anos e que era louca por tatuagens, mas jamais faria uma. Achei estranho e contraditório. Não me lembrava de outras curtidas ou comentários seus, mesmo no meu perfil profissional. Intrigado, perguntei por que ela não faria tatuagens e ela explicou que, se fizesse, jamais conseguiria se sentir completamente nua outra vez. Sempre haveria a tatuagem ali. Na pele. Sem poder tirar. E ela adorava ficar completamente nua.

Aí, não deu para raciocinar mais.

Três minutos de conversa e passamos de tatuagem para preconceito, de preconceito para presidente, de presidente para pandemia, de pandemia para isolamento social e aquelas fotos correndo debaixo do meu dedo na tela do celular... aquela frase na cabeça, que ela adorava ficar toda nua... Num piscar de olhos, estávamos conversando pelo WhatsApp e, quando dei por mim, já estava ajeitando a casa para recebê-la naquela noite.

Só me lembro de que fui insistente em saber se ela estava bem confinada e ela jurou de pernas juntas estar trancada dentro de casa havia pelo menos vinte dias. Então, era hora da reabertura.

Adoro mulher ousada e Antonella sabia o que queria. A profissão de tatuador nos aproxima de artistas do corpo de todo tipo e a agilidade daquela conversa também não permitiu pensar muita coisa a respeito de suas fotos. No chuveiro, eu sentia tanto tesão em rever o seu perfil, que precisei liberar excessos junto à espuma branca do banho.

De repente, o interfone tocou e o porteiro do condomínio solicitava a liberação na entrada. Vesti qualquer casualidade, perfume, e, em cinco segundos, minha companhia tocou.

Antonella era uma versão brasileira, bem magrinha, da Liv Tyler no auge de sua beleza e juventude. Quando digo magrinha, leiam-se aquelas modelos que fazem medo de quebrar nos desfiles, muito embora ela não tivesse altura para passarela. Confesso que não faz meu tipo mulher muito magra e não é questão de preferir corpo sarado ou coisa do tipo. Para ser honesto, desde que cheguei aos trinta, despertei um profundo desejo pelas carnes e curvas, muito embora vegetariano em outras gastronomias.

Acontece que Antonella era magérrima, de se exaltarem clavículas e costelas, o que obviamente não significa não ser sexy: nas fotos do Instagram, ela sabia fazer bom uso das poucas curvas que tinha, abusando dos shortinhos que marcavam a popa e as bochechas da bunda e as covinhas da virilha sorridentes diante da câmera; e também das microcalcinhas, usadas em outros ensaios, que deixavam o seu sexo escapar à imaginação. Os seios pareciam grandes para essa estrutura delicada. Com certeza não pertenciam ao projeto original, mas foram muito bem inseridos por algum arquiteto das belezas femininas, que soube dar ao templo reforma sem que abalasse qualquer estrutura (senão aquelas que o contemplassem). Também, não economizava recursos nas posições mais ousadas.

Pessoalmente, usava um vestido tubinho curto preto, coladíssimo ao corpo e sem alças (que os seios o seguravam bem). Por cima, um sobretudo marrom com botões escuros e um laço de amarrar. Completava o visual um sofisticado par de *scarpins* de salto agulha, de onça, combinando com a máscara.

Ao entrar, ela tirou o sobretudo e a máscara e eu quase fui ao chão. Apesar das vestes no conhecido corpo erotizante, ela tinha no semblante a contraditória de um rosto pequeno, de candura quase ingênua, e traços tão perfeitos, que poderia fazer *cosplay* (ou servir de modelo para tatuagem) de fada ou elfa sem precisar de qualquer efeito de filtro, nem a pouca maquiagem que ali usava.

Antonella me sorriu, abraçou, beijou no rosto e me entregou o sobretudo e a máscara, enquanto contava qualquer bobagem que presenciara no Uber – como se já me conhecesse havia anos e soubesse como eu me divirto com esses detalhes cotidianos vividos pelas pessoas que curto. E a conversa fluiu assim, da abertura da garrafa de gin tônica aos toques no meu corpo para elogiar os traços e as cores tatuadas; e os traços da palma da mão traçaram destinos para outros tons de conversa e, a exemplo do que ocorreu no *direct*, virtualmente, as bocas e os zíperes abriram quase no mesmo momento. E o beijo na boca, esfomeado, durou somente enquanto seu vestido e minha calça eram abertos para que enfim trouxéssemos as admirações e vontades, confessadas na tela do celular, para a realidade.

Quando as bocas descolaram, suas costas, diante de mim, estavam inteiras nuas. Expostas feito folha branca. Sem qualquer tatuagem. Enquanto eu a acariciava, pensava que artes faria naquela pele inculta, enquanto seus lábios tocavam o osso da minha pélvis, o queixo afastava a cueca e uma das mãos, decidida, carinhosamente me puxava, duro, para fora. Os olhos fechados, as bochechas vermelhas do gin e do sangue aquecido no corpo, a boca carnal, sedenta, logo, me abocanhava. Quente! Molhada... Senti seu desejo faminto nos sons dos gemidos mamões, vibrando a cabecinha surda à ponta do nervo túrgido, deslizando em sua língua até o final da garganta.

— Mmmm!

Feito dança ensaiada há anos, agora só os corpos falavam. Sem me tirar da boca, Antonella atendeu minhas mãos e levantou-se do sofá para eu terminar de despi-la. De tão pequena que era, pude puxar sua roupa sem que ela precisasse parar o que estava fazendo. Ao soltar-se da cintura, o vestido foi parar nos pés e Antonella sequer abriu os olhos para livrar-se dele, que bastou um meneio de quadris e um pezinho delicado saltou de dentro do vestido e pisou-o para que o outro pé também saísse dali.

Que cena, ela de pé com as pernas, mas o corpo sobre mim debruçado. O bumbum, elevado, ensaiava *twerks* que passavam na tela da tevê desligada, que brincava de espelho por detrás da cena, num *take* exclusivo para mim. Apesar do rebolado, a canção do silêncio tinha uma pegada Winehouse, por questão dos seus cabelos longos, pretos, presos acima da cabeça ao seu estilo. E enquanto eu os pegava, firme, pelo lado, ela erguia o queixo, babado, me olhava deleitosa e sorria.

A sincronia continuava, que o toque insinuava o troque de posição... Aquiescentes, enquanto eu me levantava, Antonella se preparava para assumir o meu lugar. Entretanto, ao sentar-se no sofá, fez menção de tirar os saltos, mas eu não deixei. Estava por demais excitante, assim, deitada de mim adiante, os seios de mármore entumecidos para o teto, os olhos azuis, quase cinzentos, perscrutando-me os movimentos e, de repente, me lembrei de sua fala no Instagram e deixei escapar um risinho sacana, que sua total nudez estava, agora, a meu mercê.

E agora era ela quem tocava minhas costas. Enquanto eu respirava no entresseio, sentia a ponta comprida de uma unha brincar de agulha em algum desenho que lhe agradava à pele. Diante da sua, meus lábios adiavam a abertura, deixavam a mente concentrar-se plenamente na visão e no olfato... O silêncio era tanto no ambiente, que o ar sibilava em minhas narinas e eu sorvia o seu perfume adocicado como se pudesse sorvê-la por inteiro; e se ela me arranhava as costas com uma mão, com a outra agarrava, alisava, puxava e empurrava meus cabelos, apressando a barba a arranhar-lhe a barriga, descer, descer, devagar...

Descer!

Na montanha-russa, de repente, a descida do esterno para o ventre me causou frios na barriga. Abri os olhos.

Os ossos das costelas e da pelve criavam um losango precioso. Desenhavam e detalhavam, feito obra de arte, um corpo excepcional.

Mais abaixo, sem desconcentrar, voltei os olhos para a calcinha. Que cor uma mulher como Antonella teria escolhido para eu tirar? Que peça teria pegado na gaveta, pequena e ainda sem alma, enquanto fora do seu corpo, e pensara: *é essa!* – depois, vestira cuidadosamente diante do espelho, virando, conferindo e pensando que mais tarde alguém a descobriria? Vermelha! Renda... E me rendi... Me rendi às flores e arabescos encostados em seu sexo; ao seu cheiro feminil extravasado por entre os vãos do tecido; e os meus lábios já não resistem mais fechados e, após dois beijos demorados por cima do tecido, decido abri-los, deixo a língua atrevida encostar na pele quente da virilha, afastar com força a lateral da calcinha e sua mão abandona as carícias nos cabelos e ajuda a tirá-la de sobre ela: *hmm, Antonella...* e a língua entra, experimenta, fende, penetra, lambe, saboreia...

Entrementes, de debaixo dos meus braços, suas pernas, antes presas, começam a escapar... Devagar. E abrir. Feito um compasso atrevido. Separam-se, assim, quase que involuntariamente e uma delas descansa do meu lado, enquanto a outra escala o braço do sofá e, um pouco dobrada, deixa dependurado o pezinho delicado, ainda tatuado pelo sapato de salto. De volta à cabeça, a mão, entretanto, não descansa, prende, puxa, segura, esfrega, balança; e a boca dá a ordem redundante que eu cumpro de adiantado: *chupa!* – e eu, obediente, chupo.

No clímax, as pernas envolvem-me o pescoço, jiboias

pervertidas pela fome. Enrolam e me apertam e Antonella esmaga um gritinho, estrebucha, rebola, diz meu nome, e o encontro proibido se consagra, feito o flagra de um poema sujo, escrito pelas mãos de um homem santo, recluso e sem ultrajes, guardados por cem anos dentro de um livro de sonetos eróticos de Bocage.

Mesmo sem fôlegos (por orgasmos e constrições), envolvo os braços em Antonella, faço menção de levantar e ela, mais uma vez, entra na dança. As pernas, ainda trêmulas, reúnem um último esforço, prendem um pouco mais o meu pescoço e, retribuído o abraço também com seus braços ao redor de minha cabeça, levanto-a quase ao teto e caminho assim para o quarto, guiado por instinto e intimidade, completamente cego, mas enxergando tudo, usando aquela mulher tão bela como máscara.

Na cama, cubro Antonella com meu corpo todo e, assim, com minha pele tatuada colada à dela, à pouca luz através da janela, vejo os riscos e cores de agulha desejarem profanar a folha branca. Entretanto, os olhos seus estavam nos meus tão entregues e profundos, enquanto as pernas desciam do pescoço para a cintura, que parte de mim era também doçura, servo em favor de seus caprichos todos. Por fim, na dúvida entre o escravo e o amo, lembrei-me outra vez de seu prazer pela nudez plena, descalcei seus saltos, beijei-lhe os pés e a penetrei. E esse misto de tesão e doçura prossegue em tudo relativo a ela.

Sobre mim, Antonella cavalga, amazona do apocalipse. Traga para si, inteiro, o membro: rebola, engole, escorrega dentro e empala-se no tesão do cio; rouba em meu gozo minha alma, bate, grita, xinga, apanha e me morde e me lambe em demônia transformada. Sob mim, o corpo, ritual, é dança; a boca, veneno, é beijo; e os olhos, fogo, são luz. E, cada estocada dentro dela, infernal, conflita com seu olhar angelical que também me penetra mais fundo. Antonella me condena e me liberta, seu corpo grita *safado, me come!* e o semblante sussurra *meu amor, te amo!*

Pouco depois da explosão de orgasmos, simultâneos e intensos, permanecemos um tempo ainda assim: meu corpo dentro do seu, desvanecendo; seus olhos dentro dos meus, enrijecendo – ambos ofegantes da falta de ar pelos berros em completo silêncio.

De repente, me dei conta de que, lá fora, não existiam abraços e que um vírus nefasto saltava entre bocas malditas, sem beijos, e condenava alguns desgraçados à perda irreversível do ar, sem sexos.

Antonella debruçou sobre mim e cada par de nossas mãos procurou um lugar de fala: ombro, costas, nádegas, cabelos. A tinta branca da tatuagem jazia louca na camisa de força, de Vênus. Sua pele estava a salvo e seguiria livre para ser toda nua.

Adiante, suas mãos pararam... *Antonella?* e ela levantou a cabeça, balbuciou qualquer frase no idioma dos exaustos, desceu do meu corpo, deitou do meu lado, se cobriu com meu braço e dormiu. E eu a segui.

E daí, chegamos à buzina despertadora. O mundo também voltava a sair lá fora:

— Bom dia! Dormiu bem? Acordou faz tempo?

— Após tantos gozos aglomerados, não tinha como não dormir tão bem. Acordei sim...

Antonella era tão bonita, que me dava vergonha acordar perto dela. As pessoas excessivamente belas têm esse poder sobre mim. Não sei explicar. Me fazem sempre pensar que estou de bermuda e chinelo no centro de uma festa de gala.

Além disso, ela vestia bem também as palavras que lhe saíam à boca, com rasgos nos **r**'s e decotes nos **v**'s sem qualquer corte nos **s**'s; costurava as linhas de raciocínio, todas, cortando os **t**'s e pingando os **i**'s; e beijava os silêncios marcando os **b**'s.

— Você pode pegar meu celular?

Estava com pouca bateria durante o gin na noite anterior e ela tinha deixado carregando na sala. Dissera que precisaria ir a São Paulo na manhã seguinte. *Vai viajar para São Paulo no meio de uma pandemia? É! Vou visitar uma amiga, que está com depressão. Mas você está saindo? Não disse que estava respeitando o isolamento? Estou sim... só saí hoje e vou sair amanhã para ver essa amiga. Não se preocupe, que ela também está bem isolada.*

Ao pegar o celular, uma mensagem acendeu na tela:

[+55119752... Olá! Peguei seu contato no *site*...]

Outras mensagens estavam na fila, ainda não lidas:

[+55119138... Oi, vi seu anúncio...]

[+55199994... Oi, achei você no...]

Gelei.

Voltei ao quarto. Entreguei o aparelho.

— Obrigada!

Não respondi. Fiquei estranho. Ela percebeu:

— O que foi?

— Nada... é que eu vi, sem querer, sua tela e havia umas mensagens estranhas de números não adicionados... falando que viram você em um *site*.

Antonella ficou sem graça, mas logo se corrigiu:

— Ai! Não é nada! É uma amiga que faz uns negócios aí e está com o celular quebrado, por isso está usando meu número.

— Que negócios? O que sua amiga faz?

— Ai, deixa isso para lá... Vem cá! – E me puxou pela cintura, começou a me pegar e me apertar e me beijar e me chupar. O gesto era claramente um estratagema de conquista. Daqueles que confundem a vista do adversário deslumbrado e, enquanto ele se prepara para o confronto face-a-face, é surpreendido por um ataque pelo lado. E eu precisava saber mais daquilo achado, mas Antonella... *mmm... Antonella... Que foi? Está gostoso?* E ela me olhava daquele jeito fabuloso, que, mesmo debaixo, em postura de total servidão, já me tinha completa e irreversivelmente dominado.

E caí na cama, plebe, outra vez, insensato do vírus

coroado. De lado, as costas para o mundo contaminado, descansei a cabeça em sua coxa-travesseiro, ela na minha, e chafurdamos um no sexo do outro, espojados em líquidos e lamas corporais, línguas períneas, escrotais, vagíneas e anais, que a fome tinha nome de deleite e se matava como em restos de comidas reais.

Acabado o desjejum sexual, pensei em tocar no assunto. Mas Antonella se virou para mim e, se antes não consegui fugir-lhe ao sexo, agora não conseguiria fugir-lhe aos olhos. Não! Não pode ser! Uma mulher com olhos como esses não pode ser uma... Não! Não deve nem ter nada a ver com isso. Eu sou cheio de entrar em paranoias e pensar coisas absurdas. Vai ver a amiga vende bolo na internet para complementar a renda (vem a calhar em tempos de pandemia), perdeu o celular e só pôde contar com ela.

— O que vamos comer?

Olha os olhos que essa mulher tem! E como me olha... Parece mesmo me admirar e, se pá, está até apaixonada... A noite foi boa, a conversa foi boa. O sexo foi maravilhoso e ela gozou até mais vezes do que eu. E agora está aqui, a um palmo do meu nariz, cobrando o café da manhã. Tão natural! Nem se lembra, acho, do caso com as mensagens no celular.

— Vou ali na padaria buscar café, que o meu acabou. Quer algo especial?

— Pão de queijo e suco de laranja com papaia.

— Suco de papaia? É sério?

— É especial!

Só uma mulher muito fina pediria para alguém lhe trazer suco com papaia. Enquanto eu colocava a máscara, lembrava-me da bobagem que há pouco eu pensava dela! Não sei como não ficou brava por eu bisbilhotar seu celular daquele jeito e lhe cobrar explicações. Mulher bonita assim não gosta de homens inseguros e ciumentos e, quando escolhem um sujeito, ele precisa se fazer escolhido. Como eu sou burro de dar uma dessa logo no primeiro encontro...

Será que essa padaria do bairro tem suco de mamão no cardápio? E não é que tinha? Dois cafés, pães de queijo e um suco de laranja com papaia para a viagem – de volta ao meu condomínio.

Já em casa, Antonella cantava *La Belle de Jour era a moça mais linda de toda a cidade. E foi justamente pra ela que eu escrevi o meu primeiro blues. Mas Belle de Jour no azul viajava* – no banho. Achei o máximo a ousadia, decidir assim ir para o chuveiro sem pedir toalhas nem licenças e ainda cantar como se em casa. Bonita, inteligente, boa de cama, atrevida, afinada e com bom gosto musical? O que me faltava?

De repente, achei pouco o que tinha a oferecer naquela mesa. Café com pão de queijo, meu filho? Que pobreza! Devia ter comprado uns brioches, um melão, sei lá... Ainda bem que tinha o suco de laranja com papaia. Era algo especial.

Antonella saiu do banheiro só de sutiã e calcinha, mas trazia uma novidade no pescoço perfumado: um colar dourado enfeitado com um pingente: a letra **B**. Reparei quando ela se sentou à mesa.

— Por que você usa **B** no pingente se seu nome é com a letra **A**?

Seu rosto corou do vermelho que usou no episódio das mensagens estranhas.

— É... **B** de Barbie... Eu sou uma Barbie.

Silêncio.

— Por que você não fala logo a verdade? Você acha que eu sou idiota?

— Gente, que verdade? O que está acontecendo?

— Primeiro aquela história de gente que te viu num *site* e uma "amiga" usar o seu número. Agora esse **B** no pingente?

— Você ainda está encanado com aquilo? Quer que eu ligue para a minha amiga e você fala com ela?

— Quero!

Antonella sacou o telefone. Havia mensagens da tal amiga no WhatsApp. Recentes. Clicou em chamar. O rosto revelava profundo desconforto. Chamou uma vez. Duas e já desligou.

— Por que você não esperou? Ela estava *on-line* agora há pouco. Ia atender logo.

— Eu não quero expor a minha amiga.

— Por quê?

Silêncio.

— Porque ela faz programa e eu não acho justo expor ela assim.

— Você faz programa?

— Não...

— Ah! Sua amiga faz programa e usa o seu celular, mas você não faz... sei.

— Eu não sou obrigada a te dar satisfação de nada.

— Claro que é obrigada! Eu fiz questão de perguntar se você estava isolada. Estamos vivendo uma pandemia! Eu não saí da quarentena para correr riscos!

— Relaxa! Eu não estou com a COVID!

— Você não sabe! Não tem sintoma, mas pode estar contaminada. E me contaminar. E se eu tivesse alguma comorbidade? E se eu decidisse visitar os meus avós? Já pensou se eles morrem? Eu saí da quarentena para ficar com você. Abri a minha casa! Tratei você com todo respeito e delicadeza! Dividi a minha cama! Eu tenho o direito de saber!

Silêncio.

Copos, xícaras e pães de queijo. Parados.

— Bom! Se você não vai me contar, então eu mesmo procuro.

Google: garotas de programa.

Resultados: acompanhantes em Campinas / photoacompanhantes / cartão rosa / link rosa / garota com local.

Nada.

— E aí? Achou alguma coisa? – ironizou ela por detrás.

— Calma!

Google: acompanhante + Antonella.

Aproximadamente 371.000 resultados.

Beijos no meu pescoço e mais tentativas de sedução:

— Deixa isso pra lá, vai? Aproveita esse momento comigo... Não está sendo bom?

— Não! Sério! Para! Para de me distrair com sexo! Eu quero saber...

— Por favor! Não é simples assim. E não é a hora.

— Eu preciso que você me fale.

— Tá bom... eu vou falar.

Silêncio.

— Anos atrás, eu participava de um *site* e me exibia na *internet*. Comecei vendendo *nudes*, depois passei a me exibir na câmera a pagamento. Isso bem resumidamente...

Silêncio.

— E aí?

Silêncio.

— Sempre vinham uns caras pedir para sair comigo, mas eu nunca misturei as coisas. Um dia, dois sujeitos, que estavam sempre nas minhas *lives*, descobriram que estávamos na mesma cidade e começaram com isso. Toda vez. Eu disse que não fazia programa, mas eles insistiam, insistiam, mandavam eu botar um preço. Irritada, eu acabei falando um valor bem absurdo. Para ver se eles paravam. Acontece que eles toparam. Pediram o número da minha conta e depois enviaram o comprovante de depósito. E eu acabei...

Dentro de novo silêncio, eu senti uma ânsia terrível.

— Depois que saí com eles, fiquei sabendo que eram donos de um bar para solteiros chamado Kumis. Então, eles me ofereceram um *job* lá. Se eu topasse, poderia frequentar a casa e aumentar meus ganhos atendendo seus clientes. O preço, eu escolhia. A casa ficava com uma parte. Eu fui algumas vezes, mas vi que não era o que eu pensava. Daí começou a pandemia... e ficou por isso mesmo. Eu não voltei mais lá...

— ... você continua mentindo! Quer me fazer acreditar que fez isso só por umas vezes e agora parou? O que isso tem a ver as mensagens de hoje? Que *site* é esse?

— É uma história longa. Difícil de explicar assim... O *site* é para uma amiga.

— Eu não teria problemas em me relacionar com uma prostituta, mas para mim é impossível ter qualquer coisa com uma mentirosa.

— Acho melhor eu ir embora. Estou ficando constrangida.

Silêncio.

Antonella me olhou outra vez, profundamente, mas

escapei daquele olhar perigoso. Era tanta beleza, tanta doçura, agora apuradas por certa tristeza, que, se me rendesse a elas, era capaz de eu lhe pedir desculpas. E era muita sacanagem o que ela tinha feito comigo, expondo-me, assim, aos riscos do novo coronavírus.

— Tchau...

De tanto ódio, nem respondi. Só a acompanhei até a porta. Que desgraça! Ficaria dias encanado, esperando os sintomas da doença. Assim que Antonella saiu, voltei às pesquisas no Google. Dessa vez, no computador. Estava tão consternado, que não sabia se investigava os *sites* de acompanhantes ou se pesquisava quantas vagas de UTI ainda tinha nos hospitais da cidade. Porque é claro que, justo comigo, que fiquei quarenta dias dentro de casa e só escapei uma vez para encontrar justo uma garota de programa, haveria de se manifestar, também, logo a pior forma da COVID-19.

Fiquei tão contaminado com aqueles sentimentos, que, quando dei por mim, já era noite. E eu não tinha nem tomado o café da manhã. Também não tinha fome. Arrumei a sala, a cozinha, tirei as garrafas de gin da sacada e joguei o maldito suco de papaia. Depois, coloquei as toalhas de banho para lavar e recolhi do ralo os fios dos cabelos seus. Na cama também havia muitos deles, que os puxões foram intensos, mas os tapas na bunda foram poucos: se soubesse toda a verdade, teria sido muito mais sexo do que paixão.

Quando deitei para dormir, seu perfume estava nas colchas e até pensei levantar e levar tudo para fora...

Mas, estava já tão cansado, que decidi deixar para amanhã. O sono chegou ligeiro, mas os pensamentos do dia ficaram. O que estaria Antonella fazendo realmente em São Paulo? O DDD de algumas mensagens era de lá. Certeza que tinha ido fazer algum programa bem remunerado. Como podia? Depois da noite que passou comigo? Depois de cobrar café-da-manhã e querer suco de laranja com papaia?

Ainda antes de dormir, peguei o celular e lhe mandei uma mensagem:

— Sabe o que me deixa mais chateado? Que eu perguntei várias vezes se você estava respeitando o isolamento social. Sua resposta foi uma condição importante para eu furar a quarentena. Você podia muito bem ter falado a verdade e eu deixaria para te encontrar mais para frente. Depois da crise. Você foi muito egoísta!

E dormi.

No meio da madrugada, Antonella surgiu no meu quarto, outra vez cantando *La Belle de Jour*. E olhos de sonho não mentem no meio da tarde na Praia de Boa Viagem. Não mentem na França em abraços quentes na *Pont des Arts*. Mas a febre queimava meu corpo e eu estava nos braços de Antonella. E o remédio para a falta de ar parecia o sexo e os beijos dela. Mas Antonella me deixava nu, ardendo de febre, para atender outros homens: no mar paradisíaco do Recife; num bordel de luxo em Paris... E, na cama de um hospital, sedado e desacordado, ligado a ventiladores mecânicos, eu via Antonella e ela não zelava por minha melhora: fazia orgias durante o plantão e atendia aos médicos que em seu corpo operavam e pagavam por hora.

Acordei.

A canção de Valença ainda ecoava do sonho para dentro do meu quarto. A febre parecia real. Mas e os delírios? Cambaleante, fui à cozinha procurar um termômetro e um antitérmico. O primeiro respondeu a chamada pelo número 39. O segundo estava ausente.

A tela do celular mostrava menos de quinhentas horas. E, no histórico das conversas, uma última mensagem dela:

— Olha só: desculpa não ter falado ou ter escondido qualquer coisa. Talvez você tenha razão de ficar preocupado com o que leu. Mas isso não lhe dava o direito de me chamar de mentirosa. Omitir uma informação não tem nada a ver com mentir. Eu pretendia contar muita coisa para você da minha vida. Quando e se chegasse a hora. Tudo bem, você viu as mensagens, surtou... Beleza! Em nenhum momento eu tirei a sua razão. Só que quando eu comecei a explicar uma coisa que já não é fácil para mim, você simplesmente me interrompeu e ainda me acusou de mentirosa. Você se acha muito bonzinho, artista, cabeça aberta, desconstruidão. Mas, foi muito escroto comigo e me deixou bem chateada. Eu tinha uma profunda admiração, mas descobri que você tem muito o que evoluir ainda. Melhore.

Pensei em mandar de resposta um áudio bem longo e repetir toda a explicação do problema. Mas a tontura da cabeça, vítima das altas temperaturas, pedia síntese:

— Estou com febre. Bom que saiba.

E voltei a dormir.

Quando acordei, parecia bem. Não sentia febre nem tontura, de modo que não dava para saber se o que ocorrera de madrugada tinha sido consequência do corona ou loucura. De qualquer forma, melhor passar na farmácia e deixar um antitérmico no jeito. Além disso, tinha fome. Passara o outro dia inteiro sem comer quase nada, alimentando-me somente de neuras.

Na rua, a caminho da farmácia, o trânsito intenso. Sintoma de reaberturas na curva ascendente das mortes. A melhor coisa a fazer era comprar o remédio, comida e voltar para minha casa. Ficar bem quietinho. Esperar uns quinze dias, inclusive para me curar, se estivesse doente.

De repente, me dei conta de um cheiro maravilhoso. Boa notícia para quem achava estar com a COVID-19, que, entre outros sintomas característicos, faz a gente perder o olfato. Mas, antes de comemorar, reconheci o perfume que estava sentindo. Estava na máscara em meu rosto. Era a mesma que eu havia usado logo após ter ensopado minha barba entre as pernas de Antonella.

Que tortura! Era como se estivesse na rua usando no rosto uma calcinha dela.

Na farmácia, os sintomas pareciam voltar. Me sentia febril. Pensava nella...

Comprei o remédio, passei na padaria e pedi um suco

de laranja com papaia. Mas o mamão tinha acabado, então fiquei só de laranja.

Voltei para casa, tirei a máscara e botei no balde. Os médicos recomendavam água sanitária para matar o vírus. Mas eu não queria matá-lo agora. Talvez quisesse me contaminar mais um pouco. Então, não pus águas.

Medi minha temperatura para saber se devia tomar antitérmico. Sem febre. Por que a sensação, então? O cheiro de Antonella estava agora na minha cara. Será que ela tinha respondido minha mensagem?

No celular, só havia um *tchau* mais sucinto que minha febre. Bem frio. E sua foto do perfil havia desaparecido. Ela havia me bloqueado! Que absurdo... A pessoa se faz de santa, vem à minha casa, cria uma falsa sensação de envolvimento, de intimidade, e, quando eu descubro a verdade, não quer me ouvir reclamar do risco de contágio?

A coisa não podia ficar assim. Precisava enviar-lhe resposta. O Instagram também estava bloqueado. No profissional e no pessoal. Mas eu tinha o celular do estúdio. Adicionei seu número e enviei:

— Típica atitude de uma mentirosa... Enganar as pessoas depois bloquear. Mas, beleza! Não posso reclamar com você, mas posso falar com a polícia. Vou fazer um boletim de ocorrência, registrar que você mentiu sobre o isolamento e colocou em risco a minha saúde. Vou encontrar seu *site*, seu endereço e vou entregar suas fotos para a justiça. Sua família vai se orgulhar.

E bloqueei.

Por dentro, eu sabia que não faria isso. E me envergonhava da atitude, que era mais gesto de despeito que alguma promessa real de vingança. Mas, se eu passaria quinze dias esperando os sintomas da doença, não era justo que ela ficasse esse tempo tranquila, vivendo a vida.

Poucos minutos depois, ela me desbloqueou do outro celular e me ligou. Mas eu não atendi. Tentou de novo e de novo e eu fiquei com o aparelho na mão, olhando sua foto na tela à espera de ser atendida. Bem mais que apenas dois toques como fez quando ligou para a amiga. Sinal claro de que a preocupação é que define o tempo. Por fim, veio um áudio:

— O único doente dessa história é você! E não é doença de vírus de pandemia, não. É loucura mesmo. Então vai se tratar, tá?

Bloqueei. Agora, ambos teríamos de lidar com a angústia de uma espera incerta de fatos. Eu, pelos sintomas. Ela, pela polícia.

Achei que me sentiria aliviado com essa atitude, mas a vingança é um prato que faz mal ao coração. Os jornais não estavam otimistas quanto à diminuição da curva de contágio, os leitos de UTI já beiravam a sua capacidade máxima, o governador anunciava a extensão da quarentena e o cheiro de Antonella seguia pregado à minha cara. Desliguei a tevê, fui ao banheiro, lavei o rosto. Teria de me ocupar com outras coisas para passar o tempo.

Redes sociais!

No Instagram profissional, as pessoas questionavam quando eu voltaria com as tatuagens; algumas perguntavam se eu não queria atendê-las escondido. De portas fechadas. Mas, se antes eu me recusava a desobedecer às restrições, não era agora, que eu me achava suspeito da COVID-19, que eu iria fazer isso. Mas talvez fosse uma boa ideia passar um tempo no estúdio. De repente, fazer uns desenhos mudaria as cores da minha *vibe*.

Antes de sair, digitei Antonella na busca do Instagram... Tantas e tão comuns!

À porta de casa, vi a máscara no balde e até pensei em sair com ela. Peguei, cheirei, mas, num gesto explosivo, joguei-a de volta e enchi o balde de água e sabão... Saí com uma limpa de outra cor.

Após faxinar o estúdio, conferi os materiais a serem pedidos se fosse voltar às atividades naquele dia: agulhas, biqueiras, luvas, papel... tinta. Depois, liguei a maquininha só para ouvir o seu som um pouco. Que vontade de dar a uma pele alguma tatuagem inédita! Em seguida, organizei os desenhos da gaveta. Peguei uma folha branca e comecei a rabiscar ideias que foram surgindo na minha cabeça.

Na primeira, o rosto de uma fada. Mulher gosta de tatuar fadas, mas geralmente as querem de corpo inteiro. De repente, seria legal criar uma fada que se reconhecesse fada apenas pelo seu rosto. Grande desafio, mas o esboço me agradou bastante: olhos rasgados, azuis acinzentados, profundos, sorriso misterioso na boca quase coberta pela ponta de uma asa dobrada, translúcida diante do rosto.

No segundo desenho, rabisquei uma elfa bem magrinha e poderosa, de orelhas e mamilos pontiagudos e um shortinho curto. Por cima do corpo, um sobretudo de pele humana. Bem transgressora! Olhos severos, vermelhos, íris irônicas, um riso estranho na boca medonha e o dedo do meio mostrado para o mundo.

Por fim, fiz outros desenhos menores, enchi uma folha de *flash*, pus na parede, postei nos *stories* e voltei para casa.

Mais tarde, sobre fronhas e lençóis brancos, limpos, minha cama finalmente era ponto de recriação de paz. Sem imagens, sem cheiros, sem lembranças. De olhos fechados, por um segundo, escutei o refrão daquela canção e quase me contradisse.

Uma última olhadinha no celular, só para ver quem visualizou os desenhos e... Antonella!? Ela tinha me desbloqueado, visualizado os *stories*, reagido e até comentado. Dizia:

— E eu, que nunca tive vontade de fazer uma tatuagem, de repente, descubro que faria até duas. Achei minha cara!

E eu respondi:

— Faz sentido se identificar com duas caras... tão opostas. Pena que comprometeriam a sua nudez completa, né?

Antonella visualizou na hora minhas palavras. Não respondeu.

Guardei o celular, mas não consegui dormir. De hora

em hora, pegava o aparelho e conferia se ela tinha mandado algo. E nada. Me arrependi da ironia... Devia ter aproveitado para reestabelecer laços. Mas ainda estava tão embaraçado... A mentira é uma tatuagem feia no caráter. Depois da primeira, marca-o para sempre. E são as verdades que nunca mais ficam completamente nuas.

Duas da manhã. Antonella *on-line* e sem resposta. Devo mandar outra mensagem? Quem sabe oferecer um desconto e mandá-la escolher uma das tatuagens? E a noite segue toda assim: não sonho, não lembro, não sofro por ela, mas também não durmo à sua espera: *seus olhos azuis como a tarde na tarde de um domingo azul! La Belle de Jour!*

Quando consegui fechar os olhos, a manhã já tatuava passarinhos. Acordei quase meio-dia, assustado da mente tão vazia. Peguei o celular para ver se tinha resposta... e não tinha. Entrei no seu perfil e descobri que ela não mais me seguia.

Melhor assim, que já havia decidido focar em esquecer essa história. Agora era para valer.

Nos meus *stories*, conferi, melancólico, os desenhos postados do outro dia. Não fazia nem doze horas que estavam no ar e já me causavam uma enorme nostalgia. Olhando bem, Antonella tinha razão em tê-los achado a sua cara. Embora completamente diversos, ambos os desenhos lembravam os seus gestos, ora na doce magia da fada, ora nos traços indomados da elfa.

Os dias foram passando, ganharam feições de semana,

mês, quarentena; a manifestação do vírus, se peguei, fora só aquela, pequena; mas as idas e vindas de recordações da outra pequena não facilitaram a superação da crise.

Tantas vezes, eu entrava em seu perfil, silencioso, e olhava as fotos de um novo ensaio. *Stalkeava* as curtidas dos seus seguidores e lia as respostas que lhe deixavam. Mas nunca encontrava respostas para as minhas perguntas: quantos shows ela faria por dia na internet? Em que *site*? Atenderia quantos clientes? Por que, sendo tão linda, refinada e inteligente, sujeitava-se a uma vida tão degradante? E o que significaria o **B** de seu pingente? Qual seria seu verdadeiro nome? E, agora, embora me julgasse curado de seja lá o que me causara aquela febre alucinante, ainda me pegava, constantemente, pensando nella.

Um dia, os governadores apresentavam propostas para flexibilizar a quarentena, ela postou uma foto nova bem na hora em que eu fuçava no seu Instagram. Uma garota comentou: *Linda, Bibi!* Mas eu cliquei sem querer em *sair* e não consegui ler o nome da seguidora. Quando voltei à imagem, o comentário havia sido apagado e fiquei tão inconformado com a pista que eu tinha perdido, que bati o dedo na tela e acabei curtindo a foto. Curti e já descurti imediatamente, mas Antonella tinha visto e me mandou um *direct*.

— *Stalkeia* mesmo heheheh Bom domingo.

Meu Deus! Ela falou comigo! Era a chance de me reaproximar e falar sobre tudo o que havia acontecido:

— Pois é! Me pegou no flagra rs Tudo bem? E aí, o que me conta bom?

— Tudo bem. Nada de mais... sua vez.

— Não sei se é bom, mas tenho pensado muito naquele dia.

— Hm... Pensou o quê?

— Não sei... Foi uma noite inesquecível, perfeita em todos os sentidos. E depois rolou tudo aquilo e eu fiquei tão magoado. Você me pediu desculpas e eu nem respondi. A verdade é que tenho tanta coisa para te falar, que não sei nem por onde começar.

— Que pena, porque eu não tenho o menor interesse em saber.

— Não é nada ruim. É coisa boa. Acho que não adianta fingir que não teve importância aquele momento, né?

— Com certeza teve importância. Mas não como você pensa.

— Então, como? Me fala!

— Pra quê? Você vai acreditar? Esqueceu que sou mentirosa? Prostituta e mentirosa?

— Antonella, era o auge da pandemia! Eu precisava saber a verdade!

— Pois é! Agora, já sabe. Eu estive com você sem cobrar coisa alguma. E você me encheu de cobranças. Agora, se quiser falar comigo, quem vai cobrar sou eu. É dez mil reais a hora do meu programa. E só marco por ligação.

Tchau.

E me bloqueou outra vez.

Que ódio! Se ao menos ela me deixasse falar e explicar o que eu estava pensando e sentindo... Certeza que conseguiria convencê-la a me dar outra chance. Só agora eu percebia a força com que meu coração batia. Estava tremendo, ofegante, alterado. Tanto não conseguia raciocinar qualquer coisa, que ficava revezando entre as conversas de um aplicativo e outro, como se eles fossem me desbloquear sozinhos.

Bloqueei a tela do celular e fiquei olhando a hora, o exato momento em que me descobria completamente apaixonado por ela.

Paixão é a única coisa que sobra quando nos falta toda razão. E se, antes, eu punha máscaras para esconder de mim mesmo a vontade que resistia em reencontrar Antonella, agora eu corria nu pelas ruas no meio da pandemia e abraçava conspiracionistas, que ainda negavam a existência do vírus.

Se passou por minha mente achar absurdo pagar tanto dinheiro para revê-la, passou rápido, que as próximas horas passei pensando como arranjaria o dinheiro. Na conta do banco, eu tinha uns dois mil reais: precisava arrumar mais oito. Tatuagem, obviamente, não estava inserida nos planos de flexibilização do comércio, mas era atividade essencial para eu reencontrar Antonella.

Otimista, se eu conseguisse fazer oito trabalhos de mil reais ou dezesseis de quinhentos, dava para levantar a grana. Então, corri para o Instagram procurar quem tinha pedido atendimento na quarentena. Bosta! Seis pessoas. Dificilmente trabalhos para mil reais de orçamento. Mesmo assim, escrevi para elas um textinho padrão, topando o trabalho de portas fechadas e perguntando o tamanho e o desenho. Das seis, apenas quatro enviaram resposta, que as outras duas já tinham feito com outro artista.

Credo! Custava esperar? Estamos vivendo uma pandemia!

Os orçamentos eram todos desenhos pequenos. Teria de fazer umas cem para alcançar aquela quantia. E, se em tempos normais, eu jamais tive tanto movimento, que dirá em tempos de recessão?

Fixado na ideia de poucos trabalhos com preços altos, postei no Instagram uma arte oferecendo tatuagens por um terço do preço. Só tatuagens grandes. A ideia era atrair pessoas que sempre sonharam com um belo desenho, mas nunca tiveram grana para pagar um artista bom.

Maior perda de tempo. Fiquei dias recebendo imagens, respondendo mensagens, fazendo orçamentos e somente três pessoas fecharam trabalhos de mil, mil e duzentos reais – que aceitei riscar por trezentos. Depois, quase me matei para fazê-los, que alguns deram muito trabalho, demandavam muitas sessões e ainda havia o perigo de ser descoberto e multado pelo governo.

Durante esse período, as taxas de contágio triplicaram no país. Prefeitos, governadores, vários políticos testaram positivo e o número de mortes saltou para mais de setenta mil. Estava na cara que, dali a alguns dias, o *lockdown* seria decretado e eu não teria nem chance de falar mais nada. Por isso, eu precisava levantar o que faltava da grana o mais rápido possível. Se não, só depois da vacina.

A segunda promoção foi com tatuagens pequenas. Daquelas que um bom tatuador não faria por menos de cem reais. Fiz uma conta chula dos gastos com tinta, estêncil, agulha, e anunciei que faria por quarenta e cinco. Choveu gente interessada! Era tanta mensagem, tanto desenho para análise que, se meu Instagram fosse o próprio estúdio, seria o pior exemplo de isolamento social do mundo. Preocupado, assim que os cálculos dos pedidos e os agendamentos bateram meta, eu apaguei a propaganda, pois, se a mantivesse no *feed*, se eu não morresse com a COVID, ia tatuar só na prisão.

Mas, agora, nada disso importava diante da possibilidade de rever Antonella.

Foram cento e cinquenta e oito tatuagens em pouco mais de uma semana. Cerca de quinze trampos por dia, todos os dias da semana com hora marcada no cronômetro e gestos combinados, à chegada e à saída, feito fugitivo da polícia. E se alguém viesse antes da hora ou chegasse atrasado, eu fazia voltar para casa e retornar no horário marcado; ou remarcava para de madrugada.

Nos primeiros dias, eu ficava até vesgo durante os últimos atendimentos. Ia deitar derrotado! Sonhava com traços, cores, luvas, decalques, máscara, desenhos... O zumbido do batedor da bobina parecia eterno dentro da mente e foram tantas as madrugadas em que entrei riscando peles, que passei a dormir no estúdio.

O que me dava forças era pensar em Antonella, seu olhar, sua beleza, seu corpo; e nas coisas que eu diria a ela quando finalmente nos reencontrássemos. Se ela me perdoasse, eu aceitaria tudo o que ela tinha passado e a ajudaria, com todas as forças, a sair daquela vida.

Nos últimos dias de trabalho, eu já nem enxergava mais as pessoas: só peles. E eu também não mais existia dentro das luvas de borracha e por detrás da máscara no rosto. Como não vinha me alimentando direito, emagreci uns cinco quilos – somados aos já perdidos na quarentena: só pele. E os gemidos não importavam mais, a empolgação dos corpos virgens não importava mais, os papos durante o ato não importavam mais; elogios, júbilos, agradecimentos nas vias de fato, a bem da verdade, já me irritavam. Era tanta dor nas costas, tanta estafa física e mental, que eu só queria fazer minha parte e, de preferência, terminar logo, para receber o dinheiro do programa.

No fim das contas, descobri que fiz errado uma conta e, para chegar à quantia almejada, considerando comida, reposição de insumos, imprevistos, máquina quebrada, precisei usar do cartão de crédito, fiz empréstimo e ainda entrei no cheque especial. Mesmo assim, me senti vitorioso quando voltei para casa com toda a grana.

Sobrou até criatividade para comprar um *chip* novo e ligar para Antonella como um cliente desconhecido:

— Alô? Antonella? Boa tarde, tudo bem? Queria saber

se posso ter sua companhia essa noite... Por que não? Mas eu estou bem isolado, dentro de casa, há mais de vinte dias, eu juro. Ah, abre uma exceção, vai? Sei, sim... é dez mil, né? Sim! Foi um amigo que passou. É, ele é um dos donos do Kumis, sabe? Isso! Ele mesmo! Juro, faz vinte dias que não saio de casa e só quero sair um pouco e fazer algo diferente. Sei lá: diferente. Aceito sugestões. Ah, que bom! Fico feliz. Então, como fazemos? Certo... espera aí que vou anotar. Certo... Perfeito. Nos encontramos às oito horas, então. Meu nome? É... Jean. Isso! Até mais...

Ao desligar o celular, eu quase não sentia o corpo. Na mente, estava desenhada a arte do reencontro: após a surpresa na porta, a explicação, as lágrimas, a declaração, o beijo, o perdão, a entrega, o tesão... e, enfim, outra noite de amor com Antonella em pratos limpos, *tabula rasa*, página em branco, pele virgem. E, na manhã seguinte ao seu último programa, café, pão de queijo, melão, brioches e, claro, suco de laranja com papaia, que ela merecia recomeçar a vida com um belo café-da-manhã na cama.

No interfone, confirmei o nome fictício que lhe dei e entrei no edifício. O elevador me deixou no último andar. Toquei a campainha. Antonella abriu:

— Você? O que está fazendo aqui?

— O Jean, na verdade, sou eu. Quis lhe fazer uma surpresa. Você disse que, se eu quisesse falar, deveria pagar o seu programa. Então, aqui estou com dez mil.

Antonella apanhou a sacola de loja onde organizei todo o dinheiro em notas de cem, que troquei no banco. Olhou seu conteúdo displicentemente. Depois, abriu a porta para eu entrar, mas fechou o penhoar que cobria a camisola sexy. No semblante conhecido, maravilhoso, a expressão ainda era aquela das mensagens no celular. Senti que teria trabalho para quebrar o gelo. Então, decidi começar com uma piada:

— Eu nunca fiz programas antes, mas acho que nenhuma acompanhante recebe os clientes tão séria.

— Se você não estiver satisfeito, dá tempo de cancelar e pedir o reembolso. A multa rescisória é de 10%.

Que saudade dessas ambiguidades de Antonella! Pelo tom da voz, ela falava muito sério, mas a sagacidade do sarcasmo dava à frase um pingente com outra letra. Como era eu quem estava pagando, cabia a mim escolher o nome. Tratei de levar na brincadeira.

— Não vou nem tirar a máscara, porque só vim conversar mesmo.

— Pode tirar... você não estava isolado?

— Na verdade, o Jean estava isolado. O Jean é um empresário bem-sucedido no ramo da medicina. Ele pode ficar até um ano sem sair de casa, que dez mil reais nunca vão fazer falta. Já eu sou um mero tatuador. Para arranjar dez mil, assim, do dia para a noite, tenho que fazer muita tatuagem.

— Pois eu prefiro o Jean. — ironizou ela e caminhou para a sacada. — Então, vem para cá. Já que você não estava isolado, melhor ficarmos num lugar arejado. Não quero correr riscos...

E esse misto de sarcasmo e aspereza prossegue em tudo relativo a ela.

Quase não cedi à provocação. Sei que, se exagerasse, seria um tiro no pé e era capaz de ela me mandar embora dali com meu reembolso. Mesmo assim, arrisquei outra piada, mas com os olhos bem certos de que o tom era doce:

— Relaxa! Eu não estou com a COVID!

Antonella me olhou bem feio. Colocou uma cadeira num canto da área, a outra no outro, com uma mesa no meio. A sacada era enorme. Dava metade da minha sala. Minha casa quase inteira talvez coubesse no seu quarto. Mas, não quis elogiar nada nem dar ao luxuoso imóvel olhares especulativos. Ela acendeu um cigarro de cravo, olhou o relógio. Depois, para mim. E disse:

— Fala.

Confesso que tanta secura, assim, ao vivo, tirou minha voz. Na arte que idealizei para o encontro, ela já estaria mais suscetível ao final que imaginei. Pedi um pouco d'água. Ela pôs o cigarro no cinzeiro, séria, levantou-se, caminhou para a cozinha. Voltou. Estendi a mão para pegá-lo, mas ela colocou-o na mesa. Tirei a máscara, tomei o líquido todo. Depois, recoloquei.

Silêncio.

Olhei para ela e ela estava me olhando fixo. Os lábios pareciam mais grossos do que eu me lembrava e o cabelo estava diferente com uma franja à Kate Perry. Engraçado como eu jurava que ela se parecia com a Liv Tyler mais jovem e, na verdade, ela estava muito mais para Kate Perry. Parecia maior também do que me lembrava do primeiro encontro. Mas o físico não havia mudado. Talvez eu estivesse menor. Me sentia menor. Não sei se as dores nas costas se espraiavam pelo pescoço ou se era uma tensão mais moderna recém-lançada em meu corpo. Meu coração batia tão forte que senti frio. Juntei as mãos, coloquei-as na máscara feito prece. Bufei.

Olhei outra vez para ela e ela fez aquele gesto feminino com os olhos e as sobrancelhas. Aquele que diz *e aí, não vai falar?* e matou a bituca do cigarro num cinzeiro de prata sobre a mesa. Em seguida, vestiu uma máscara que tirou não sei de onde, cruzou as pernas e os braços e esperou. Olhei para o céu. Estava uma noite linda para se tacar da sacada. Ela olhou para cima também. Parecia ler meus pensamentos. Repetiu o gesto com as sobrancelhas, mas agora dizia *e aí, não vai se tacar?*

— Eu só queria que você soubesse... — meu Deus, o que vem depois? Eu comecei com essa frase e quando cheguei no "soubesse" descobri que não tinha nada na minha mente depois.

— O quê? O que você queria que eu soubesse?

— Eu queria que você entendesse minha preocupação naquele dia. Não tinha nada a ver com preconceitos a respeito de... você sabe...

— ... de eu ser puta?

— Não colocaria nessas palavras, mas... enfim. A questão era mesmo o problema com o isolamento. Você tinha me dito nas mensagens que estava isolada e... — baixei a cabeça; ergui novamente. Esperava que ela completasse a frase e confessasse que não estava; que concluísse que se eu entendia o seu lado, ela também deveria entender o meu. Mas ela não completou a frase. Não confessou nada. Só repetiu a reticência:

— E...

— ... e estava mentindo.

— Quem mentiu sobre estar isolado e marcou um encontro aqui foi você. É você quem está de máscara, passando frio na varanda por ter dito no telefone que estava dentro de casa e, na verdade, estava fazendo tatuagem em plena pandemia para pagar meu programa.

— Mas, e aquelas mensagens no seu celular falando que pegaram seu telefone num *site*? E a viagem para São Paulo naquele dia? Vai dizer que não era para atender outros clientes?

Não achava que Antonella pudesse fechar ainda mais a cara. Mas podia. *Lockdown* total. Descruzou as pernas, afastou as costas da cadeira e, sem alterar o volume do tom de voz, disse:

— Eu só vou responder às suas perguntas porque você está pagando minha hora. Mas, antes, eu quero saber: o que você quer afinal? Qual o seu objetivo com esse encontro? Ouvir o que você não me deixou falar aquele dia?

— Não! Talvez... sei lá... é um pouco de tudo. Eu vim para tentar entender o que aconteceu. A gente teve uma noite maravilhosa, a conexão foi incrível! E não foi só o sexo... seu olhar estava em mim muito mais fundo do que eu em você. Eu fui dormir deslumbrado e acordei apaixonado. E sei que foi especial para você também. Pode rir! Você só está rindo porque ainda está chateada.

— Ah! Agora você quer me explicar o que eu estou sentindo também? Aplausos...

— Não! Eu não estou afirmando nada com certeza. Estou dizendo o que eu sinto! Tivemos um desentendimento naquela manhã. Eu fiquei chateado, mas... foi por causa da exposição ao risco do coronavírus. Eu só queria que você soubesse (ufa! Agora eu via a continuação da sentença) que eu estou disposto a ficar do seu lado; a mostrar que existe no mundo alguém mais interessado em tirar seu sorriso do que sua calcinha. Amo seu corpo! Acho você deslumbrante sexualmente. Foi a noite mais inesquecível da minha vida! Mas, meu maior prazer foi estar dentro dos seus olhos.

Tive a impressão, no momento, que o semblante de Antonella se tornava mais brando; que eu a estava conquistando. Mas eram só os músculos da face desenhando a gargalhada.

— O que eu disse de tão engraçado?

— Cara! Será que você não percebe a idiotice que está fazendo? Você não veio aqui se desculpar por ter sido escroto comigo. Você descobriu que está apaixonadinho e quer dividir as culpas daquela manhã!

— Não é isso, Antonella. Estávamos no meio da quarentena e...

— Não! Não me interrompe! Você me passou a palavra, então não me venha com palestrinha. O comércio está reaberto, mas a quarentena não acabou. Ainda não temos remédio, nem tratamento, nem vacina. Não mudou absolutamente nada em relação àquele dia. Pelo menos não a respeito da pandemia. O que mudou é que você está apaixonadinho e quer dividir culpas para não dar o braço a torcer. Para não assumir que, naquela manhã, você ficou cego de raiva quando soube que a princesinha que você achou seduzir poderia ser uma prostituta.

— Aff... nada a ver isso! Eu não posso, mas você pode querer me explicar o que eu estou sentindo? Aplausos....

— E eu estou errada? Então me fala: o que mudou em relação ao outro dia? Por acaso acharam a cura para o novo coronavírus? Acabou a pandemia? Que eu saiba, não. E, mesmo assim, você está aqui. A verdade é que você não estava preocupado com isolamento coisa nenhuma! Seu semblante não era o de um homem com medo de uma doença. Era de marido possessivo. Daqueles que não conseguem dormir, imaginando a esposa dando para outro. Incapaz sequer de aceitar que uma mulher tenha tido outros amantes antes dele. Que dirá se relacionar com uma puta?

— Não é isso!

— Não? Olha sua cara no reflexo do vidro! É a mesmíssima daquele dia!

— Eu só acho que é uma profissão degradante para a mulher... feita para agradar uma sociedade patriarcal.

— Pronto! Só me faltava essa: um feministo...

— Eu queria entender por que você topou fazer isso, sendo uma mulher tão bonita, inteligente...

— E em que te interessa isso? O que você acha que vai conseguir aqui? Me salvar da prostituição? Salvar minha vida? Responde!

— Talvez eu tenha achado que poderia te salvar, sim. Mas estava também disposto a aceitar sua escolha. Ficar do seu lado, se é isso o que quer fazer.

— Hahahahaha! Eu sabia! — Antonella se levantou e debruçou na sacada. — Atenção, Campinas! Aplaudam esse herói!

— Eu só queria entender...

— ... entender o que, meu filho? O que você queria entender? Se eu sofri algum tipo de abuso na infância? Se eu perdi os pais logo cedo? Se eu não tenho formação? Se eu não conseguia arrumar emprego? Eu vou te contar toda a história e você vai entender por que não há como dividirmos culpas.

Antonella sentou-se de novo, tirou a máscara e acendeu outro cigarro. Seu olhar me encolhia ainda mais. Deu um trago, pensou, assoprou a fumaça com força...

— Meu nome verdadeiro é Bianca.

— Bibi...

— É! Pelo visto você viu a mensagem da minha amiga no Instagram. Gosta das fotos? Desde que me conheço por gente, eu sinto prazer em seduzir. Começou na pré-adolescência, quando percebi o poder que tinha sobre os homens todos: os olhares curiosos, às vezes, indecorosos... muito antes de saber sobre sexo, eu gostava desse poder.

Cresci num ambiente religioso, meus pais foram muito próximos e sempre me protegeram. Nunca ninguém se aproveitou de mim. Claro que conheci, desde cedo, o assédio nojento comum dos homens a todas as mulheres em qualquer idade. Isso não me agrada e nunca me agradou. Mas aqueles que se perturbavam e ficavam confusos com minha presença; os que se atrapalhavam nos gestos e tentavam disfarçar o interesse com superatenção e gentilezas, esses me fascinavam.

Com dezoito anos, fui morar sozinha para fazer faculdade. Fiquei, bagunçei, transei, fiz tudo o que todo mundo tem vontade. E, apesar de ter namorado um cara bonzinho naquela época, essa atração por atrair outros homens nunca me deixava: gostava de fantasiar na cama que havia outros caras me olhando; gostava de ficar com pouca roupa perto dos amigos dele.

Nunca pensei em traí-lo e sei que jamais o faria. Mas ele não conseguia entender o tamanho do prazer que eu sentia nisso. E preferiu não ter nada de mim a ter uma coisa que não fosse só sua.

Os homens que vieram depois, todos, também me deixaram. Nenhum teve maturidade para alimentar ou suportar minhas fantasias: eu queria andar de calcinha ou fazer *topless* na sacada... Queria transar de janela aberta, mesmo sabendo do prédio ao lado. Nenhum foi capaz de entender que essa necessidade, externa, essa linguagem era alheia a mim. Isso me excitava demais, mas a excitação eu matava com quem estivesse comigo.

Por fim, decidi ficar só e realizar os fetiches de outra forma. Como tudo envolvia muita imaginação, comecei a puxar papo com estranhos nas redes sociais. O plano era conversar somente como amiga; e eu só dava conversa para quem respeitava essa condição. Daí, pegávamos intimidade e, se o cara fosse bacana, passava meu celular. Sustentava ser só amizade, mas eu sempre esperava a declaração de amor. E ela sempre vinha! Com todos os homens que se aproximaram de mim sempre foi assim: mais cedo ou mais tarde se declararam.

E, ao contrário do que você pensa, quase sempre se manifestam com mais ternura do que tesão. Conheço muitas versões daquela sua fala bonitinha de que "existe alguém mais interessado em tirar meu sorriso do que minha calcinha". Mas, o tesão está sempre ali. Latente. Disfarçado de ternura, de desejo de proteção. E eu gosto mesmo é de desvendar o tesão proibido, disfarçado, reprimido.

Enfim, essas conversas davam trabalho, mas me satisfaziam muito. Quando o cara se declarava e levava um fora gentil, afinal, havíamos combinado que seria somente amizade, a coisa estava no ponto certo! Eu fazia videochamadas, tantas vezes para consolar o sujeito, quase sempre seminua ou com roupas bem provocantes.

Aí, deixava a blusa ou o celular escapar e mostrar os seios ou a virilha e, no fim, até "esquecia" a câmera do computador ligada e ia fazer outras coisas como tomar banho, passar creme no corpo ou simplesmente trocar de roupa. Nesse caso, eu sempre deixava um programa gravando a tela, só para depois ver se masturbando aquele hipócrita que dizia ser meu amigo e me querer bem.

— E o que você fazia com os vídeos gravados?

— Me masturbava também, oras. Sozinha. Depois apagava...

Só que, um dia, um desgraçado gravou minha tela. Não para si. Para vazar na internet com o link para o meu Facebook, Instagram e tudo. O vídeo viralizou mais rápido que esse novo vírus e logo meus amigos, minha família, todo mundo o receberam. E não tinha nada de mais: era uma garota tomando banho com alguns toques eróticos se insinuando.

Mas eu recebi tanta foto de pinto, tanta ofensa no *direct*, tanto sermão da família, que decidi excluir todas as redes sociais. Quando fui excluir o Instagram, vi também uma mensagem de outra menina, me convidando para uma rede de mulheres exibicionistas chamada *Suicide Girls*. Segundo ela, a grande sacada do grupo era conter mulheres de estilos e biotipos diferentes dos usuais. Elogiou meu corpo magrinho e minha beleza e disse que eu faria o maior sucesso no *site* e ganharia muito dinheiro. Eu estava muito envergonhada e, na hora, fiquei ofendida com o convite. Mas, aquela palavra – "exibicionistas" – não saiu da minha cabeça.

Eu sentia muita raiva de tudo o que estava passando. Ainda mais porque nem o vídeo e nem os julgamentos pararam mesmo depois de eu sair da internet. De tudo, o que mais me magoava eram os sermões da minha família. Comecei a ficar depressiva, cheguei a pensar cometer suicídio. Mas, afinal, o que tinha de mais uma mulher no banho se tocando? O que tinha de errado ser exibicionista?

E já que todo mundo ia ficar me lembrando e julgando, decidi dar um bom motivo para isso.

Ao invés de cometer suicídio, decidi entrar para as *Suicide Girls*. Foi então que nasceu Antonella. E o primeiro vídeo que postei foi exatamente aquele que estava circulando. Foi o maior sucesso. Usei como chamariz para vender fotos sensuais no privado. Depois, comecei com os *nudes*. Bem mais caros. O retorno foi tanto, que não demorou e eu parti para carreira solo. Tinha tantos seguidores fiéis, que pude criar minha própria rede de *shows eróticos*.

Como gostava da sutileza do exibicionismo disfarçado, coloquei diversas câmeras pelos cômodos da minha casa e os seguidores pagavam para acessar cada uma delas. E eu sempre me comportava como se não soubesse que estava sendo filmada. Por isso, os pagantes tinham de ficar me assistindo mais tempo se quisessem ver algo mais íntimo. E isso foi um diferencial para um grupo específico de fetichistas. Com o tempo, eles começaram a fantasiar que eu não sabia mesmo das câmeras. Criavam grupos para se comunicar e avisar uns aos outros quando eu estava nua. Revezavam o dia inteiro *on-line* e, quando chegava a hora, chamavam os outros. Eu podia colocar o preço que eu quisesse no acesso, que a sala, essa hora, estava sempre bombando.

Não precisa olhar meu teto e disfarçar não, que hoje eu não faço mais essa atividade. Além disso, eu jamais exporia alguém sem consentimento... Quando comprei esse apartamento, encerrei com as câmeras ao vivo.

— Mas você não acha ruim para a mulher esse tipo de exploração? Objetificada?

— Acho! Mas, também vi tudo isso como um modo de realizar as minhas fantasias: satisfazer aquele poder dominador que descobri possuir tão jovem. Assim, não importa que a *Super Girl* use um traje baseado no do Super Man. Importa é que ela voe como ele. E que ela seja também de aço mesmo sem usar o traje. — Antonella, quando disse isso, fez um gesto de punho fechado, como se fosse voar na minha direção. E minha cabeça explodiu!

— Mas e eu? Onde entro nessa história? Também exerceu comigo esse poder de sedução?

— Claro que exerci. Mas a situação, entre nós, era um pouco diferente. Eu já chego nela.

Alguns meses antes do nosso encontro, rolou aquela história com os donos do Kumis que você não me deixou terminar de contar. Os caras que ficavam me enchendo nas *lives* para sair comigo. Pedi dez mil reais e eles depositaram vinte mil na hora. Isso me deixou enojada, ultrajada, irritada. Entretanto, eles disseram uma coisa que me despertou tesão:

— O que eles disseram?

— Que fariam o que eu tivesse vontade no nosso encontro. Primeiro eu achei que era conversa. Papinho de quem quer me comer. Mas eu impus algumas regras e eles toparam na hora cumprir.

— Que regras?

— Mandei que arranjassem um quarto com equipamentos de sadomasoquismo; eles deviam vendar os olhos e me esperar amarrados a ganchos no teto. Um em cada gancho.

Eu nunca tive vontade de praticar essas coisas. A ideia nasceu da raiva por me tratarem como prostituta. Meu plano era mantê-los amarrados e, usando um *strap-on*, praticar inversão de papéis. E, enquanto penetrasse um, deixaria o outro sem venda olhando. Era a parte que me excitava. O exibicionismo. Nos meus planos a coisa aconteceria de duas formas: ou eles desistiriam na hora e eu iria embora – já que o trato era fazer o que eu tivesse vontade; ou eles aceitariam e eu não sofreria nada em meu corpo; sairia moralmente quase ilesa do programa.

— Mas as coisas não saíram como você esperava...

— Não.

— O que aconteceu?

— Ficou curioso, *baby*? Cuidado, que é um caminho sem volta.

— Estou curioso para saber o que aconteceu com você.

— Que seja. Ao chegar ao lugar, conferi as amarraduras

e, antes de amordaçá-los, expliquei o que faria. Surpreendentemente, eles toparam. Mesmo lhes dizendo que não fariam nada comigo. Então, tirei a venda dos olhos de um e comecei a dançar e rebolar e me esfregar no corpo do outro. Ambos ficaram excitados na hora. E, ao contrário do que eu planejara, eu também fiquei. Percebi, instantaneamente, que não cumpriria meus planos. E continuei.

Primeiro passei a mão, massageei o seu corpo e parei no canto da coxa, pertinho da virilha. Mudo, cego e dependurado, o sujeito se contorceu, girou o corpo e gemeu querendo que tocasse seu pau. O outro, enquanto isso, completamente paralisado. Parecia em estado de choque vendo o amigo ser torturado. Segui minha dança instintiva, passei os braços por detrás do pescoço, com a boca toquei o rosto, trouxe o hálito perto do nariz; prendi as pernas ao redor da cintura e me lancei para trás feito passo de *Pole Dance*. E ele estrebuchou feito peixe no anzol, sentindo a bocetinha quente encostada barriga: puxou as pernas para cima a fim de me desequilibrar para tentar me encaixar no lugar direito. Não deixei. Beijei-lhe o pescoço, o fosso da clavícula, o peito. Soltei-me de sua cintura, lambi sua barriga, abaixei-me...

Silêncio.

Antonella riu.

— Do que você está rindo?

— Da sua cara. Você está com aquela expressão, de

novo, de marido traído. Tristeza. Decepção! Dor e incompreensão! Ciúmes...

— Tá bom... chega logo nos finalmente.

— Calma, queridinho, não se iluda com os barulhos, que eu demoro para gozar. E gosto assim. Espera só um minutinho que meu cigarro acabou.

Antonella se levantou e foi buscar outro maço. O que sobrou da minha mente estava pegando fogo. Não sabia se chorava, se aproveitava que ela tinha saído e fugia. Mas tinha uma parte da história que eu ainda precisava saber. De longe, ela veio falando, dando um beijo demorado no filtro de um novo cigarro de cravo:

— Hm...!? — murmurou ela enquanto puxava a fumaça. Depois, repetiu o sopro forte e continuou. — Onde eu estava mesmo?

— Transando com dois.

Ela riu:

— Dói, né, amor? Imagino como está a cena dentro dessa cabecinha possessiva e dominadora. Trate de caprichar bem nos detalhes, que foi muito pior do que você pensa. Mas você acertou, sim. Eu transei com os dois. Antes, comi os dois: dancei, me esfreguei, toquei, massageei, chupei, vesti a cinta, penetrei. E o primeiro gemeu, rebolou e chorou; e quando chamei de *minha putinha*, ele acenou com a cabeça, concordou, e, pouco depois que gozou, o outro também gozou, quietinho, sem nem ser tocado. E fui eu quem decidi o tempo de cada um, a espera, a posição, o período de descanso, a repetição, e como seria o meu prazer.

Quando saí daquele quarto, eu mal reconhecia os meus passos. Havia deixado dois homens dependurados, violados e, ao mesmo tempo, realizados. E, apesar de realizada também, psicologicamente eu estava abalada. Cresci nos moldes dessa sociedade burguesa e conservadora, cheia de tabus. E, se todas as outras barreiras cruzadas nas muitas fases da minha vida me causaram constrangimentos... Prostituir-se? Transar com dois homens? Penetrar dois homens? É uma fronteira perigosa para pular assim de uma vez.

Por alguns dias, fiquei assim. Em estado de choque. Assustada, pensativa e preocupada. Voluntariamente reclusa. Decidi começar terapia com uma especialista em sexo. Em São Paulo. Queria reformular minha vida.

Só que o sexo é como a droga: tão forte é o prazer quanto a abstinência. Poucos dias depois, era véspera de Carnaval, eu já estava renovada e disposta a conhecer o tal bar de solteiros. É claro que se tratava de algum tipo de bordel *gourmetizado*. Mas eu estava curiosa. Ainda mais com carta branca para cobrar o meu preço: que pessoa recebe dinheiro para realizar seus próprios fetiches?

Acontece que não rolaram grandes oportunidades no tal do Kumis. Nas poucas vezes em que estive lá, não conheci ninguém disposto a pagar um preço tão alto. Financeira e moralmente. E eu entendo. Eu mesma não estaria disposta a realizar as fantasias de ninguém. Nem recebendo.

Os donos do bar me disseram que homens do meu gosto apareceriam logo; que tinham de todo tipo e com muito dinheiro como clientes. Só que era Carnaval e a maioria deles estava viajando com a esposa e família.

De qualquer forma, cansei de ficar lá à toa e acabei decidida a não voltar. Confusa, foquei na terapia e ela estava me ajudando muito a entender o que tudo aquilo significava na minha vida. Mas aí, chegou a pandemia e nós paramos as consultas.

A reclusão, agora, não era voluntária. Não tinha meu consentimento. E tudo que não tem consentimento agride. As correntes dos nossos fantasmas soam mais alto nesse silêncio. É quando os pensamentos raros, aqueles que correm nas sombras da mente, escapam e encontram a luz sem cotidiano. Foi quando entendi que a minha maior crise não era qualquer arrependimento. Não era mais o medo dos sermões da família, das ofensas, dos julgamentos. A Antonella já tinha voltado para as redes sociais. Já tinha o respeito dos amigos e amigas que resolveram ficar.

O problema era a Bianca. A me perguntar se voltaríamos a gostar de alguém. Se conseguiríamos sentir carinho independente de sexo. Se teríamos capacidade de levar uma relação "normal". Aí vieram ansiedade, depressão, pânico. Liguei para a psicóloga e ela aceitou me atender em São Paulo. Estávamos as duas confinadas e a situação validava os riscos.

— Sua amiga em depressão em São Paulo...

— ... sim, era eu mesma. Era a Bianca que, em mim, naquele momento, ressurgia.

Na véspera da consulta, comecei a falar com um cara por quem sempre tive atração: você. Nunca tinha me manifestado porque minha vida era essa correria. Vida-Antonella. E a pandemia me fez parar. Vida-Bianca. E quando eu olhei para o mundo com olhos-Bianca me incomodei. Mas, também olhei para você e vi ensaios de novas cores, novos traços, nova tinta. Vi novas artes na pele. Vi refúgio. E senti uma vontade imensa de te conhecer.

Quando estava de saída para sua casa, uma amiga tocou minha campainha. Era uma moça do Kumis. Ela queria saber se eu não tinha um celular sobrando, que ela havia derrubado o dela dentro da privada. Como o bar ficaria fechado por tempo indeterminado, com medo de ficar sem dinheiro, ela pagou um anúncio em um *site* de acompanhantes. Não havia nada aberto para consertar seu telefone. Nem para comprar outro. E ela precisava passar o contato para o cara do *site* com urgência.

Eu não tinha um celular reserva, mas falei que passasse o meu número, que eu agendava os programas para ela. Depois, a gente dava um jeito. Confesso que ideia de me passar por ela e agendar os seus encontros me excitava, mas fora o episódio com os donos do Kumis, eu nunca tinha feito programas. Aí veio o nosso encontro e tudo foi tão...

— ... tão o quê?

— ... satisfatório! Que achei que não precisava mais da consulta em São Paulo. Pela primeira vez em anos, não pensei em outros olhos me olhando e nem desejei abrir janelas. Pela primeira vez em muito tempo, estava bem só com uma pessoa. Quando pedi para você pegar meu celular na sala, era para adiar a consulta: estava leve e decidida a passar o dia com você. Deixar rolar...

— ...Antonella...

— ...daí você viu as mensagens e reagiu daquele jeito. Eu tentei explicar da forma que o momento permitia e até consegui trazer você de volta para o meu momento. Enquanto você saiu para ir à padaria, eu estava me sentindo tão bem, que tirei meu pingente da bolsa. Há anos não o usava. Desde que criei a Antonella. Precisava colocar no pescoço porque eu estava me sentindo Bianca.

— ... me perdoa!?

— Nas sessões de terapia, minha psicóloga sempre me instigava a buscar o que me fazia feliz. Independente de julgamento. Ela nunca me deu diretrizes sobre o que eu devia ou não devia fazer; disse apenas que eu descobriria, sozinha e no momento certo, se eu deveria assumir a Antonella ou lutar para ser a Bianca.

Você afirmou por *direct* que sabia que nosso encontro tinha sido importante para mim. E estava certo! Ele foi. Aquele foi o momento derradeiro da minha escolha. Serviu para me mostrar como essa história de pandemia e isolamento social fodem com o psicológico da gente. Essa crise me fez achar que existe homem com algum talento – e até que você veio com certa poesia; mas, em menos de doze horas, fez uma tatuagem horrível na minha memória. E eu lamento que, por um momento, eu tenha achado que seria feliz Bianca.

— Não fala assim. Eu estou vendo a Bianca. E ela pode ser feliz, sim. Me deixe cuidar dela! Corrigir essa tatuagem! Posso começar isso agora!

— Não se aproxime de mim! Sua hora já acabou. Se quiser mais momentos comigo, tem que pagar mais dez mil. E para fazer do meu jeito. E espero que esteja isolado e fale a verdade da próxima vez! Você pode estar contaminado e me contaminar. E se eu tivesse alguma comorbidade? Anda! Não diga mais nada! Vai embora! Que eu preciso desinfetar o lugar...

Este livro foi composto em Tenez, Hypatia Sans Pro e Adobe Garamond Pro, sobre o Cartão Supremo 250g/m², para a capa; e o Pólen Soft 80g/m², para o miolo. Foi impresso em Belo Horizonte no mês de outubro de 2020 para a Crivo Editorial.